내 안에 무한을

일진행 시집

내 안에 무한을

운주사

서시

내 안에 무한을

가도 가도 끝이 없는 길에
크고 작음이

모두 내 안에 있나니

어깨 활짝 펴고
큰 호흡으로

가슴 넓혀보면
내 안에 무한이 넘쳐난다

일진행아
가녀린 한 아낙의 몸으로

평생을 화장대 앞에
한 번 앉아 보질 않고

바쁘게 살았다기보다
열심히 살았구나

그 속에서
내 안에 무한을 찾아내어
갈고 닦으며

이름 그대로 키워냈으니

오늘날 돌아보아
자신의 대견스러움을

스스로 껴안으며
흐뭇함으로 가슴 설렌다

실상이
한가슴 차오르는 듯하구나

역시 나의 후반생
잘 살았노라

번뇌도
미움도

탐욕도

온 곳이 어디며
간 곳이 어딘가

나에게도 분명

번뇌도 있었고
미움도 있었고
탐욕도 있었다

그 누구보다도
더 많이 가졌을지도 모른다

하온데

어디서 와서
어디로 갔을까

내 마음께 물어본다

마음 왈

온 곳도 없고
간 곳도 없다네

아마 빙글빙글
한곳에 모여 살고 있나보다

그러니
각각 마음들이 나서서

제 마음대로

가졌다가
버렸다가 하는 건가봐

야아 참!

요술 같은 세상 속에
요술 같은 삶으로
요술 같은 마음들이 모여

법계를 운전하는구나

그대들이여!

마땅히
내 안에 무한을

잃지도
잊지도

소홀치도 말라오

서시 내 안에 무한을 5

무상도 15
삼일 간 삼만정근 18
여섯 시간 정진 21
바라보이는 세상 25
십선 무영탑을 쌓아올리며 28
부디 발심하소서 31
병신년 칠월 십일 34
큰 부처님을 일보 일배로 37
삼칠일 정진 이야기 39
자비도량참법 108번 이야기 42
나의 신심 45
다시 펼쳐지는 신심 48
우리 아버지 53
도량이 따로 있지 않았다 56
일만 부처님 명호 이야기 59
병신년 팔월 십일 62
군 법당 지원 이야기 66
업이 바뀌려면 70
나의 이야기(후반생) 72
휴휴암에서의 대정진 75
내가 잡았던 기회 80

마음 *84*
가슴 앞에 두 손(합장) *87*
충만의 이야기 *90*
병자년 이야기 *93*
실상 이야기 1 *97*
실상 이야기 2 *100*
금강경 일만독 이야기 *103*
임종 발원 이야기 *107*
심신 이야기 *110*
지난 시절 이야기 *113*
과보 이야기 *116*
조복 받은 육신 이야기 *119*
먼 세월 이야기 *121*
다라니 이야기 *125*
자업자득 이야기 *128*
계절 *131*
마애삼존불 *134*
인연 이야기 *137*
무한 *141*
지금 나의 이야기 *144*
병신년 구월 십일 1 *148*
병신년 구월 십일 2 *152*
병신년 올해의 이야기 *157*
너들 엄마의 합장 *163*
묘소를 다녀와서 *166*

대서원 대발원 170
만만성취 174
불 법 승 삼보 177

무상도

이른 새벽마다

오분향례와
칠정례에 이어

행선 축원으로
천수경을 지나면서

반 백팔 다라니로
참회진언
스물한 번을 지나갈 때

일체중생 모두
참회할 일마저
없기를 바라는 마음

한생각 한생각
부처님 삶으로

삼가 행하려는데

행여

지난 습이 끼어들까
한마음 내리지 않는다

오늘 하루도 쉬어가며
편안히 일상을 마치니

어둠이 창살을 기어오른다

늘어나는 오늘이 있기에
줄어드는 내일이 마땅하리라

삶이 고작 이런 것일까

잘 먹고 잘 입고 잘 쓰는 것이
잘 사는 것이라면

못 먹고 못 입고 못 쓰는 것이
못사는 것이 될까

그건 아니지

참으로 소중한 잘 삶인
내면의 실상을 위하여

어렵사리 힘겨워도

무상도에 이르기까지
부지런히 정진할지어다

삼일 간 삼만정근

새벽예불 중에
스쳐가는 생각을

마음이 흘려보내지 않고
담아 싣고 행하려 한다

바깥도량 정진으로는
아마 최종이 되지 않을까
생각하면서

대도량인 홍법사
삼천 아미타 부처님 전에서

병신년 음력 오월
열사흘 열나흘 지나
보름인 미타재일까지

삼만 아미타정근 사흘 간

마음이랑 육신이 약속했다

조금씩 불편해 오는
육신이긴 하지만

사십성상 바꿔놓은 업으로

나의 도량에서
세 시 반에서 다섯 시까지
새벽예불 후 조금 쉬어

일상인 다라니와 독경
십재일엔 지장경 완독 후

정오까지 홍법사에 도착 즉시

시간에 쫓기듯
묵언 목걸이를 드리우고

우리말
아미타경 독경에 이어
삼만정근에 들 것이다

매번 일만정근 끝엔

오십사배 절을 하면서
나의 대발원이 따를 것이다

부랴부랴 삼만정근을 마치고

여섯 시 막차 편에
돌아올 계획으로
이 마음이 나서서

사흘 동안
육신을 매료해 놓았다

훗날 돌아보면 분명

무너지지 않는
실상의 아름다운
추억으로 남을 것이다

나무아미타불

여섯 시간 정진

역시 시작이 반이란 말
정말 시작이 반이다

아흔의 밑자리에서
밍그적거리지 않고
용감하게 시작한

여섯 시간이 꽉 짜인
삼만정근에 보탠
약간의 절을 하면서

힘겹긴 했지만
시작에 감사한다

작은 선풍기와 믹스커피 두 잔으로
삼천 아미타 부처님 전에서

정오부터 여섯 시까지

삼만 아미타정근으로 이어진 삼일 간

감히 누구에게
이 큰 선물을 받을 수 있겠는가

신심이 물샐틈없는 여섯 시간

나 내생으로 가는 길에
걸음걸음 가볍게 갈 수 있는

무겁지도 거추장스럽지도 않은

내 스스로 만들어 가지는
무량한 큰 보물꾸러미

어느 어디에 극락이 따로 아닌

소천의 각각 수재 등등마다
뿜어내는 황홀한
무지갯빛 불빛 아래서

삼천 부처님 정기
나 홀로 고스란히 받으며

일만정근이 끝날 때마다

가슴 벅찬 환희로움에
오십사배 절을 하며

나의 대서원을 발원하는
이 얼마나 멋이 있는 정진인가

가슴 깊숙이 파고드는
광대함으로 부푼 가슴

오직 나만이 알고 있다

이렇게 연속 삼일 간
구만정근으로

객이 없이 혼자서

대장막을 내린 이 기쁨이
대지를 누르는 듯하다

그때그때 바로바로
온 법계에 회향하는 기쁨

또한 한량없어라

나무아미타불

바라보이는 세상

빛으로 보는 세상
무지갯빛 고운 세상

육안으로 보는 세상
움직이는 번갯불 세상

가슴으로 보는 세상
따뜻하고 포근한 세상

마음으로 보는 세상
자재해야 할 풍요로운 세상

귀로 보는 세상
천만갈래 산만한 세상

피부로 보는 세상
윤기 있는 까칠한 세상

심안으로 보는 세상
훈훈한 세상 닮은 넘치는 세상

겉으로 보는 세상
넉넉한 세상 같은 걱정스러운 세상

안으로 보는 세상
편안한 세상 같은 불안한 세상

세계 속의 세상
목을 치미는 경쟁 속의 세상

오늘 속의 세상
풍성한 듯 삭막한 세상

두루 보는 세상
바른 견해가 필요한 세상

내가 지녀야 할 세상
정견에 머물러야 할 세상

미래 속에 세상
합장정례로 살아야 할 세상

영원으로 가는 세상

마장 파장이 없어야 할 세상

십선 무영탑을 쌓아올리며

다시 보는 영상처럼
그 감회가 새로운
나의 지난 글들이

나
잠들었나

두들겨 깨우는
계기가 되어

나를 점검하는
시간을 가져보게 한다

두루 평등으로

이 마음을
다시금 더 크게 열어

일체중생 모두모두

발심하여
수행하고 정진하면

너나없이
누구나가 다 함께

반야의 언덕에
이를 수 있기를

이 마음이 나서서
저 허공 속에

십선 무영탑을
쌓아올리며

일심발원하나니

마음 있는 자

그 마음 활짝 열고
불법에 귀의하소서

막연히 구원을 기다리면
지쳐서 다쳐요

스스로 실로 행하며
다듬어 지니는

그 대도엔
노크할 문조차 없는

넓고도 큰 문이
항상 열려 있습니다

자재하여
망설임으로 늦추지 마시고

곧바로
불법에 입문하소서

큰 행운이
기다리고 있습니다

나무석가모니불

부디 발심하소서

병신년이 엊그제 같은데
칠월 상순이 와 있다

어젯날
오후 여덟 시 넘어

창살을 기어오르던
검은 그림자가

오늘날
새벽예불 후 다섯 시 넘어

밝은 그림자로
변신하여
창살을 기어 내린다

인간의 두뇌가
제 아무리

인드라 그물망 같아도

대자연의 조화
어찌 그를 따를 수 있으며

감히 앞지를 수 있으리오

사람몸 받아 와서
만물의 영장으로

이 세간을 휘어잡았어도

임종의 그날이 오면

여지없이 꺾이는
처절하리만큼

나약한 존재가 되어

스스로
진리마저도 거역하려 든다

일상 속에서

늘 자신을 다스릴 수 있는

세월이란 큰 바퀴를
수행과 정진으로 굴린다면

위대한 그 큰 힘으로

엄연한 진리 앞에
나약하지 않으리다

오면 가는 것
진리의 큰 몫이기에

부디 발심하여
두려움 여의소서

병신년 칠월 십일

불현듯 일어나는 마음

그 마음을 거역하지 않고
또 다시 펼쳐본다

홍법사
삼천 아미타 부처님 전에

향 한 개비 살라

아미타경 독경을 하고
삼천 아미타정근으로

한 층을 더 올라
아미타 큰 부처님을

일보 일배로 돌면서

나의 대서원을
거듭거듭 굳건히 다지며

걸음걸음
가벼움을 재촉하는

내가 가고자 서원한 지

일천팔백날이 도래되는
그날을 위해서이다

오 년 전에
음력으로 잡은 그날이
어찌하여 맞춘 듯

큰 부처님
점안일과 일치되는지

신비롭게도
그날이 바로 그날이 된다

님이시여
어찌 우연일 수만 있을까요

저의 대서원인
대 발원을 꼭 이룰 수 있도록

큰 힘을 실어주소서

오늘 칠월 십일
다음 팔월 십일
다다음 구월 십일을

막바지 서원으로
일심발원하렵니다

님이시여!
가피 내리시어

원만 성취케 하소서

큰 부처님을 일보 일배로

사층 지붕 위
넓은 좌대 위에

이십일 미터
대좌불이 계신

그 옥상바닥은
총총 내린 비에 씻겨

마치 대청소를 한 듯
먼지 하나 없이

불 지핀 온돌 방바닥마냥
따끈따끈하였으나

사방에서 불어주는
시원한 바람이

한더위를 잊게 했다

일보 일배로
두루 돌 때까지

땀 한 방울을 흘리지 않았으니

이 모두는
신심이 담긴 순간의 법

대서원의 부분임을
믿어 의심치 않는다

나무아미타불
나무 무량광 무량수 여래불
나무 본사 아미타불

삼칠일 정진 이야기

가물가물 지워져 가는 기억들

칠월 초열흘부터 서른날까지
삼칠일 기도라 이름 붙여

찌는 듯한 삼복지간에
별을 보고 가서 진종일

무슨 정진을 어떻게 했는지
다 흐려져 간 기억들을 모아본다

연속 칠 년 간을 모아보면
백마흔일곱날이 된다
흘린 땀을 모았으면
양동이를 채우지 않았을까

삼천배를 하고

금강경 지장경 아미타경 법화경
독경 등등 정근도 하였을 것이다

백팔염주를 굴리며
진종일 서서

다라니를 외운 기억이
가장 뚜렷하다

그렇게들 쫓아온 막바지에

땀으로도
인내로도

그 어떤 핑계나 방편으로도

감당할 수 없어
감히 맞설 수 없는 길

대정진으로도 이길 수 없고
막을 수 없는 그 길을

이 마음이 나서서

미소로 거두어가려

두 손 모은 간절함으로
대서원의 길을 가고 있다

원만 성취를 대발원하나니
꼭 이룰 수 있기를

님이시여
가피하소서

자비도량참법 108번 이야기

지난날 삼 년 계획으로
자비도량참법 백여덟 번을
서원한 적이 있었다

부지런히 정진하여
육 개월이 앞당겨진
흐뭇한 회향길에

내 그림자와 둘이서
태종대 순환도로를 한 바퀴 돌면서

보도블록 사이에
작은 생명으로부터

사람구경
세상구경
바다구경

갖가지 모습에서
갖가지 행에 이르기까지

삶이란 그 속에서
다시 나를 볼 수 있었다

보시, 지계, 인욕, 정진, 선정, 지혜의
육바라밀이

광대한 가르침으로
광활한 가을하늘처럼 펼쳐짐을

새롭게 한 짐 잔뜩
짊어지고 일어서는 듯한

넉넉하고 푸근함으로
놀아 나오는 길에

근처의 몇 사찰을
참배하게 되었다

육안에 드는
삶의 무게와 부피는

천차만별의
천 갈래 만 갈래이건만

실상의 내면엔
수행이란 참진리가 있어

부피와 무게를 넘어선
해탈의 세계가

그 누구에게나
활짝 열려 있다

핑계와 게으름을 넘어서
꾸준한 수행과 정진으로

우리 다 함께
일체종지를 이루어지이다

마하반야바라밀

나의 신심

어설프게 내디딘 걸음이
차츰 신심이 늘어나면서

육바라밀행을

신심으로 보시하고

신심으로 지계하고

신심으로 인욕하고

신심으로 정진하니

신심이
선정으로 다가가며

그 신심이
지혜로 모여들어

참불자로 자라면서

전생의 업을
따라나선 건지

금생에 업이
바뀐 건지

지금은

백에 백
천에 천
만에 만을

믿고 행하게 되었으니

저 허공을 향해
하늘가를 따라나선 듯한

광대한 폭으로 전전하면서

이 세상 모든 사람이

부처님 따라
함께 갈 수 있기를

일심발원하옵니다

나도 모르게

내 마음이
저 허공 되어가고

저 허공이
내 마음 되어가네

다시 펼쳐지는 신심

하늘 높은 줄 모르는
나의 신심으로

다시 펼쳐보려는
휴휴암 다라니 기도

먼 거리
부산에서 양양까지

혼자 떠나기
머뭇거리다가

친구 따라 강남 가는 격이
되지 않으려

용감하게 행하려는 마음이
나서서 밀고

병신년 구월 이일로
날을 잡았다

때에 맞게
천안, 인천 등
각처에 신심 있는
넉넉한 도반들이

망설임 없이 동참하려 하니

역시 마음 있는 곳엔
반드시 길이 있는 것이다

사박 오일이면
조금은 여유롭지만

도반들이 편의상
삼박 사일의 바쁜 일정이라

잠을 줄이고
쉼을 줄이고

목표달성을 해야 할 것이니

법담까지도
줄여야 할 불꽃 튀는 정진의

알찬 시간이 될 것이다

엄밀히

정진시간
자유시간을 정해

팽팽하게
나름대로 열심히 하는
일정이 되도록 노력할 것이다

훗날 뒤돌아보아
마치 꿈속 같은 추억이 되도록

동해바다
아름다운 해변
미모의 도량에서

근기 따라
일천팔십 다라니

이천일백 다라니
삼천삼백 다라니 소리

어우러져 메아리 되어

법계와 허공계를
주름잡을 것이다

상상만의 환희심도
한가슴 벅찬데

실로 행함은
무엇에 비유되겠는가

아흔의 밑자리
한생각 한생각마다

내생으로 가는 길
아름다워라
행복하여라

내가 좋아 만든 업의
한 가닥 한 가닥이 모여

마지막 가는 길에
쌓아올리는

허공 속에 무영탑이
되었으면 하는

간절함으로 남는다

나무아미타불

우리 아버지

세수 여든다섯으로
병자년에
금생을 닫으신
우리 아버지

떠나신 지 만 이십 년
꿈에도
뵙지 못했던 우리 아버지

올해 (병신년) 칠월 말
오경에

근엄하신 양복차림의
맑으신 모습으로
제게 오셔서

한 말씀 않으시고
묵묵히 바라보시던

우리 아버지

아버지는 이 딸을
저는 아버지를
마주 바라보다가

아버지 세월이 참 빠르지요
이렇게 말을 건네는 순간

답이 없이
저를 포근히 껴안으셨으니
생존에 계실 때도

이렇게 안겨 보질 않았는데…

우리 아버지 젊은 시절
일본에 계셨을 때
너무나 멋쟁이셨던 우리 아버지

일생을 꿋꿋하게 사신
과격하고 엄하시던
우리 아버지께

그렇게도 따뜻한 품안이
있는 줄 미처 몰랐다

아버지께서
왜 그렇게 힘주어
저를 껴안으셨을까

저의 대서원이
원만 성취될 수 있다는

간절함이 담긴
표현이셨을까

아버지 믿겠습니다
이 딸을 도와주세요

아버지
우리 아버지

도량이 따로 있지 않았다

나에겐

허공도 도량이요

선상도 도량이라

기내도 도량이며

도량이 따로 있지 않아
지금 내가 머문 이 도량도

내 본찰인 대단한
도량이라 말하고 싶다

허공을 나는 기내에서도

황해를 가르는 선박에서도

그 시간에 맞도록
천수경을 외우거나
다라니를 외우며

그때 따라
법화경을 읽은 적도 있었다

처음 법화경 독경
백여덟 번을 쌓을 때
마지막 분을
제주행 기내에서 읽으며

불사리 탑사에서
칠권을 마저 읽고

회향 차 마라도
기원정사로 갔다

그때 그 마음을
지금 다시 열어 봐도

손색없는
내 속에 장엄으로 충만하다

그 무슨 인연으로

이 신심이
하늘가처럼 끝이 없을까

더더욱 부지런히 정진하여
법계를 가득 채워가는

보다 큰 신심으로
세세생생 충만을 누릴 것이다

일만 부처님 명호 이야기

지난날
아침 일찍부터
어둠이 깔리기까지

일만 부처님 명호경으로
일만 부처님을 불렀던

그 환희심이
문득 떠오르며

이어서
흰 이레 동안을
만배씩 쉬지 않았던

일흔날을
십만배로 장엄했던
기억까지 함께 나서서

저 허공을 나는
점점이 하얀 구름처럼

새삼스레
이 마음을 실어 나른다

나의 후반생
사십성상

생각 생각 바른 생각으로
거역할 수 없었던

나만의
난행고행이었던

셀 수 없이 많은 지난날들이

가는 세월
오는 세월 따라
실려 오가면서

광대한 실상으로
아로새겨진

영롱한 추억들은

법계의 영산회상으로
장엄되었으리라

나무 일만 부처님

병신년 팔월 십일

오늘은
일상의 기도 속에

십재일이 끼어 있어서
지장경 완독을 하는 날이다

쉬는 시간을 줄이고
시간을 더 아껴야만 한다

지난 칠월 십일에 이어
팔월 십일

삼천 부처님 전
큰 부처님 전에 정진하는 날이다

오로지 한생각이면

더위가 기승을 부리는

뙤약볕 아래서도

망설임이나 핑계 따위가
발붙이지 못하는

날선 칼날과 같은
나의 방편들은

역시 무더위쯤은 아랑곳없다

급기야 새벽부터
오전 정진을 마치고
오후 두 시 반 집을 나섰다

찌는 듯한 무더위 속에서도
세월은 하루하루 잘도 가고 있다

가면 오지 않는 이것 곧
시간이며 세월이다

쏜살처럼
빛처럼 빠르게 지나가는 세월

어물어물하다 보면
가야 할 날이 목전에 다가 있어

정신 차려 다시 보면
때는 이미 늦어 있네

일념이 일심되고
일심이 일상되어

어느 하루 소홀하지 않는
나의 후반생

이제 비유할 곳조차도
가려내기 어려워

만리장성을
스스로 생각해본다

아흔의 밑자리
언제부턴가 나도 모르게

키도 줄고
체중도 줄고

체형도 비뚤어져
볼품없는 한 아낙으로도

정진 앞에 굴하지 않는
강한 의지만은

나를 지키는 신장과 같다

오늘도 스스로 약속된
아미타 부처님 전
독경 정근 일보 일배를

무난히 잘해내고 돌아와
흐뭇함으로 한가슴 뿌듯하다

아미타불

군 법당 지원 이야기

불교 신문을 통해

초코파이 하나 때문에
개신교로 가는
장병들이 안타까워

어떻게 해서

군 법당에 작은 도움이라도
줄 수 있을까 생각 끝에

일주일 기도로
회원모집에 나선 열흘 만에

천팔십일 기도 회원
서른여섯 명을

기적처럼 모을 수 있었다

이십여 년 전 이야기다
지금쯤이라면
좀 더 쉽지 않았을까 생각된다

부산, 대구, 대전, 서울, 제주에
이르기까지 하루 천 원을 아껴

한 달 삼만 원을
삼십육 개월 간 매달 차례로

각자 구좌로 입금되면
본인 이름으로 송금하는 식이었다

군승단에 의뢰하여

가장 열악한 곳
익산, 홍천, 춘천 세 곳에

각 삼십만 원씩 송금 중에

IMF 위기를 만나게 되어
그때 탈락자가 늘어나

그 자리를 채워가며
회향에 이르기까지

무척 힘들었던 기억이 생생하다

그 사이에
군승단 창립 삼십 주년
기념행사에 초대되어

서울 양재동
교육문화회관에서 열린
일부 세미나
이부 기념만찬법회에
다녀올 수 있었으며

백만 원, 이백만 원의
두 차례 지원금을 전달할 수 있었다

익산 법당을 방문했을 땐
어깨에 별이 번쩍이는

군 불자님과 보살님들께서
만찬을 베풀어 주셨고

큰 선물까지
한 아름 받아 안고

법사님과 미륵사지를 돌아본
기억들이 지금인 듯
뇌리를 스친다

마치 꿈속 같은 지난날의
그 따뜻했던 가슴은

지금도 그대로지만
이제 가야 할 즈음에 이르렀다

다시 왔을 때도
그 마음은 이어질 것이다

나의 이야기(후반생)

신들린 듯 쫓아온
나의 후반생 사십성상

한눈팔지 않았음은
소중한 순간들을
할애할 수 없었기 때문이다

가혹하리만큼
빠져들었던 그때가 있었기에

지금 최상의 기쁨을 누리는
보람 있는 삶이지 않을까
믿어 의심치 않는다

그가 바로
나의 후반생의
활기찬 삶이었다

한마음 다 바쳐
한 점 티 없는 삶을 구상하는
변함없는 긴긴 세월을

옹고집처럼
튕긴 나의 삶 속에

그 많은
핑계와 게으름에
밀리지 않았던

막강했던 그 힘이
보다 자랑스럽다

마지막 그날까지
이렇게도 멋이 있는

나만의 삶을
누리고 갈 것이다

두 눈을 감으면
다음 생이 보이는 듯한
장엄함으로

쉬어지지 않는 정진의 기운이

마치 신의 힘인 양

날마다 충만으로 영그는

이것이
내가 만들어 내가 지닌

나의 업이자
나의 삶이다

휴휴암에서의 대정진

이 세상 사람들
면면이 왔다 가는 길에

잘 가려면
다시 잘 오려면

신묘한 이 다라니의
비밀스러움으로

방편의 대장벽을
뛰어넘을 수 있었으면 한다

수수 억만원을 들여서도
이 일천 다라니 이천 다라니
삼천 다라니를

살 수도 얻을 수도
잠깐 빌릴 수도 없는

신묘한 이 다라니

내 갈 길이 임박하여
급기야 나선 길

남은 불사비에
원거리 교통비
숙식 기도비의
거액을 들여서

삼천 다라니를 구하려고
다라니 굴법당을 찾아
먼 길을 왔다

삼박 사일 간
불꽃 튀는 정진이 아니고는

원만히 구할 수 없으리라

잠을 줄이고
쉼을 줄이고

반가운 도반들과

법담도 줄여야 하거늘

잡담이야 말해 무엇하랴

만남은 헤어짐의 시작이며
헤어짐은 만남의 시작이라지만

다시 만나기
어려울 것 같은 마음에

시간의 촉박함이
아쉬움으로
주름주름 잡힌다

실상을 따라나선
나의 사십성상

이 다라니 대정진을
마지막 기회로

방편의 대장막을 내리려 한다

사랑하는 도반들 모두

이번 동참 큰 인연으로

작아도 일천 다라니
많으면 이천 다라니
더 많으면 삼천 다라니를
훌쩍 뛰어넘으소서

나
천둥소리 우뢰 같은
번갯불처럼

나약하지 않은 신심으로

동해바다 미모의 도량
휴휴암에서
생의 막바지 대정진으로

기어이
삼천삼백 다라니를 챙겨

풍성한 초가을
법계로 띄워 보내고

가볍게 돌아가
내 앉은 자리에서

조용조용 조용히

나무아미타불
나무아미타불
아미타 부처님을 부르며 갈 것이다

내가 잡았던 기회

병신년 구월 초이틀

한더위도 지나고
초하루도 지나고
십재일도 끼지 않고

추석도 멀찌감치 있어
잡은 일정이 너무나 멋이 있었다

삶 그 속의 기회는
때맞추어 있는 것이 아니다

알게 모르게
지어진 공덕이 반드시 스며들어 있다

그 기회를 잡고
함께 실려 가면서

즐기는 기쁨 또한
짓지 않은 자는 알지 못한다

그 기회를 타고
만끽함으로써
또 다른 기회가 찾아오는 것이다

그것이
법이자 진리인데

알게 모르게 놓치기 일쑤이다

신심 있는 도반들과
먼 거리 양양에서
함께 머물 수 있었던 그 기회에
무한히 감사하면서

이름 모를 들꽃처럼

이 세간에 온 나와 당신들
훌쩍 지나가는 시간 속에

행복을 실어 나르는

나와 당신들이 되어

님이 주신 큰 선물인 삼박 사일 간

방편의 히말라야를
용감하게 넘고서

뿌듯한 가슴 안고 돌아온
각각 자기 도량에서
한가로이 일심정진하소서

나모라 다나다라
야야 나막알야 바로기제
새바라야 사바하

일심발원하옵니다
이 다라니 공덕으로

일체중생 모두
삼보에 귀의하여
부처님 회상에서

번뇌는 지혜 되고

미움은 사랑되며
탐욕은 자비되어

이 세간에서
밝고 풍성한 삶을 누려지이다

일심발원하옵니다
이 다라니 공덕되어

우리나라 남북통일이 되어
세계 속의 불국정토로

만세만세 우순풍조
세계평화 만만세 하여지이다

일심발원하옵니다
이 다라니 공덕이 모여 모여서
저의 대서원이 원만 성취되어지이다

마음

이 마음을
잘 운전하면

매사에
무난히 통과인 줄 알았는데

이 마음을
간절히 움직여도

그 마음은
이 마음과 일치되지 않았다

일상 속에서는
그 마음은 그 마음대로
이 마음은 이 마음대로임을

느끼지 못했음을
확연히 알게 되었다

역이 아닌
순이라면

필히 그 마음도 움직여주는 줄
바보처럼 알고 있었다

이 마음과 그 마음속에
아주 미세한

착이 남아 있음을
미처 모르고 있었다

절을 하고
깊은 선정에도 들고

갖갖 독경
갖갖 염불

갖갖 다라니 진언으로
갖갖 방편을 넘고 건너서

궁극에는
무량수 무량광 여래불

나무아미타불인 것을

이 마음도
그 마음도

재롱을 부리는
귀여운 착만은

아직 끌어안고 있음을
뒤늦게 알게 되었다

이 한생각이
새롭게 이 마음 안에
편안히 자리를 잡고 앉는다

아미타불

가슴 앞에 두 손(합장)

서두르지 않아도
조용히 가슴 앞에서

만나는 두 손을
합장이라 이름한다

이것 곧 불자로서의
일호 기본이다

몹시 화가 났을 때
욕심이 치밀었을 때

예로 쌍방이
잘잘못을 따질 때

합장하고
따지지 않는다

비록 모습은
숨겨져 있어도

그 마음이 넉넉하고
여유로워야만

진정한 합장이
이루어지는 것이다

그 모습 그 자세
얼마나 아름다운가

쉬운 듯 어렵사리
두 손이 모인 합장

높낮음에 차별 없는
합장 연습이 절실하다

이것이 가장 가까운
잘 영근 알찬 수행이다

마땅히 두 손 모아
정중히 고개 숙여지는

자연스러움으로
일심 노력할지어다

마하반야바라밀

충만의 이야기

행여 나에게
지식이 풍부하여

실상의 세계가 아닌
형상 세계에서

한마음 잔뜩 기울여

정진에 쏟은 열정만큼
퍼부었더라면

세상을
들먹일 수 있는

힘을 가졌을지는 몰라도

오늘 지금의
이렇게 충만한 행복은

누리지 못했을 것이다

실상인 진리 곧 불법은
다시 무슨 말이 필요치 않은

이렇게도
충만이 넘치는 행복한 자리로
나를 인도해 주었으니

세상 것을 다 가진 이 마음을
어떻게 내놓을 수 있을까

거친 들판에서
거센 비바람을

무난히 이겨낼 수 있었던

부처님을 만난 인연

그 감사함에
쏟아 부은 신심으로

이 몸이 닳아 구멍이 난들

이 마음이 낡아
산산조각이 난들

그 은혜 어찌 다 하오리까

언제 어느 때 어디서나
한마음 가득히
넘치는 감사함으로

엎드려 큰절 올려드릴 뿐이옵니다

나무 석가모니불

병자년 이야기

만 이십 년 전 이야기다

병자년에 태어나서
다시 병자년이 도래되어

늙음으로 접어들면서
그래도 전생의 복력이 있었던가

부처님을 만날 수 있었고
게으르지 않게 쌓아온 신심으로

부처님 나라 인도
성지를 다녀올 수 있었다

점점 쌓여오는 신심은
하늘 높은 줄 모르고 치솟았다

부지런히 정진한 그 힘으로

모여진 일행은
신심이 돈독하신
큰스님을 모시고

해외성지 담당인
여행사 부사장 인솔에 따른

정말정말
알뜰한 순례길이었다

그 하나하나
다 나열할 순 없고

막바지에
기원정사 허허 넓은 잔디에서

지난 옛적
대보름달 밝은 밤에
강강술래 때처럼

스물두 명이
모 없이 넓고 큰 원을 지어

허공 속에
감회의 큰절 삼배를
내려놓았던
그 큰 환희로움

돌아와서 그 장엄함을
다시 보려는데

비디오에서도
사진에서도
찾아낼 수 없었다

아쉽게도
찍은 자가 없으니
없었을 뿐이다

그 하늘아래
그 땅 위에서

가슴에서 솟아오른
눈물겹던 신심
눈물겹던 환희심을

고스란히 내려놓고

돌아서기 겹겹 아쉬움에
바른손을 저으며
뒷걸음치듯 했던 기억을

아스라이
전생처럼 더듬어본다

실상 이야기 1

이 몸뚱이
그 엄청난 정진
난행고행에서도

구멍 나지 않고
닳지 않았던 이 육신

시간 가고
세월 가니
그를 이길 수 없는가

이제 짐접
여려져 가고 있다

하지만
마음 그는

긴긴 세월 그 숱한

난행고행에도

트집하고 고집하지
않았었는데

지금은
육신 따라 나서지 않고

날마다
더 맑고 더 밝음으로

일심전전하면서

슬슬
이 몸뚱이 잘 보내려는

만반 준비로 분분하네

나의 후반생
사십성상(76-16)

묵묵히
뒤돌아보지 않았던

그 뿌듯함이 가슴 넘치는
환희심을 안고

나 내생으로 가는 길
걸음걸음 가벼움으로

수행이란
실상의 아름다움을

잔잔한 미소로 풍겨낸다

아미타불

실상 이야기 2

어느 누구에게나

그마다
원만한 실상인

생명의 덩어리
광명의 덩어리인

본래 면목을 갖추고도

알아차리지 못함이
우리 중생들의 삶이다

무량수 무량광의 영롱함이
본래로 갖추어진

실상 곧 아미타이건만

형상을 따라다니며

미혹하여 발하지 못할 뿐이다

듣는 이것도 나 아니며

말하는 이것도 나 아니라

보는 이것도 나 아니기에

먹고 배설하는 이것이
어찌 나 이리요

가까스로
헐고 지을 수 없는

그것을 곧
실상이라 이름했거늘

억만년을 거쳐 오면서
지은 바 업에 따라

육도를 들락거렸음을

지금
이 육안으로는 볼 수 없어

알지 못함일 뿐이니

분명 있으면서 없음이요
없으면서 있음이
바로 그것일세

그 낱낱 모두를
스스로 만들어
스스로 지녔음을

머나먼
항하사 수 세월 거쳐
늦었지만

이만큼이라도
알아차림에

무한히 감사하면서

진 가슴으로 두 손 모아
무릎 꿇어 정례하옵니다

아미타불

금강경 일만독 이야기

이 역시 이십 년 전 이야기다

만 사 년 간을 어김없는
하루 칠독으로

금강경 일만독을
원만 회향함이

말이나 생각처럼
쉽진 않았지만

충만히 이룰 수 있었다

회향의 큰 서원으로

인연 닿았던 열 사찰

찹쌀 세 되 공양미 올려

삼백배와 칠독경으로

순회함도 만만치 않았다

병자년 납월 하반을
도보로 열차로 버스로

떠돌이처럼 행할 때

운문사와 석굴암에서
겪은 혹한은

마치 동태처럼
지금껏 뼈에 사무친 듯
지워지지 않는다

신심으로 지어낸
각각 정진들은
그 이름도 다양하게

쉬 지나갈 일은
아예 시작도 않았으니

힘겨웠다는 생각조차도
내려놓아야만 했다

이 모두는
비켜갈 수 없는
나의 업이었으리라

그러기에
그토록 환희심으로

충만하게
원만하게

해낼 수 있었으리라

그 숱한 방편으로 이어진

오늘 지금이
더없이 감사할 뿐이다

부지런히 정진한
그 뜻과 생각의 견고함이

세세생생을 통해
일심으로

게으르지 않을 것이다

금강 반야바라밀

임종 발원 이야기

올 땐 모르고 왔지만
갈 땐 내가 만들어서

알고 가고 싶어서이다

그 발원을 시작한 지
만 오 년이 도래되어 간다

처음 시작하면서
아미타 부처님 일만 번을 부르며

자신의 임종 발원을
하늘가처럼 열어가다가

날이 갈수록
더 다부진 발원으로 나아가

지금은 더더욱 진한 가슴으로

일만 정근이
이만 정근으로 내닫는다

오십사배 절을 하면서
대서원을 발원한 지도
꽤 오래되었다

이룰 수 있을까
반신반의지만

두려움 없는 마음이 나서서
점점 더 강렬하게
일념으로 나아간다

일심발원하옵니다

제 이 서원이 원만 성취되면서
마땅히
각각 님들이 바라는 대로

그마다의
서원의 가피가 되어

만세 만만세에 유전토록
일심발원하옵니다

제 뜻이 꼭 이루어져
원만 성취
충만 성취
만만 성취되어지이다

나무아미타불

심신 이야기

제 이의 영산회상인
봉정암을 찾아

오르내린
설악산 산행길

상 하 행 오십여 차례

굳건한 심신을 다지느라
마음도 몸도 굳세었다

그 마음도 그 몸도
아끼지 않았기에

지금 후회할 일
추호도 없다네

그때그때마다

어물어물 미루었더라면

아마 지금껏
미루고 늦추었을 것이다

빛나지 않는 한생각은
곧바로 실행으로 이어졌으니

한 치의 양보 없이
그 모두를 이루어냈으리라

내게 그런 억척스러움이
있었는지 믿기지 않는다

이제 미련도 후회도 없이
이 세간에 왔던 길
돌아서서 가면 된다

만약
남은 아쉬움이 있다면
뒤돌아 보일 텐데

두 눈 딱 감고

바로 갈 수 있을 것이다

한세상
충만을 가득 채워 안고

멋이 있게 살고 가는
한 아낙의 일생

극락에서
극락으로 전전하리다

나무아미타불

일찍이 부처님을 만나

세상사 그 모두를 순순히
내 것으로 받아들일 수 있었기에

오늘 바로 지금
이렇듯 구김 없는 삶에 이르러

그 속에서
무게도 부피도 없어

무겁지도 거추장스럽지도 않은
진 보배를 지니게 됨이

마치 신묘한 다라니의
비밀스러움과 무엇이 다르랴

위세가 당당한 세상 것에서
나를 내려놓을 수 있었기에

마땅한 댓가일 것이지만
어찌 나만의 힘이겠는가

부처님께 엎드려
항상 큰절 올리며

생각 생각 감사함을
늦추지 않는다

나무 불 법 승

멀리 서방정토가 아니라

이 사바 중생계의 극락이
활짝 열려 있습니다

실상 곧 진리인 과보는

마땅히 업을 선별하여
여법하게 인도합니다

바로 그것이
내가 지어 가질 수 있는

새로운 운명으로써

전생이 보입니다
내생이 보입니다

스스로들 삼가 명심하소서

조복 받은 육신 이야기

이 육신을 조복 받으러
백천만억의 구슬땀으로

기어이 이겨내니 역시
마음도 따라주었네

수시로 일어나는 한생각마다
그 모두가 정념이었거늘

심신이 거역하지 않아
그 많은 정진에도 몸과 마음이

핑세에도 세으금에도
나서지 않았다

하늘가를 따라 도는 듯한
그때그때의 정진 때마다

그 흔하던
핑계와 게으름이 속속 밀려나고

행복했던 난행고행으로
삼십성상(일만날)을 훌쩍 지나

오늘 지금 사십성상에 이르러

영원으로 가는 행복
영원으로 가는 충만이 되어

흐르는 물처럼 평화로워

본래로 티 없는
저 허공과도 같은

실상의 장엄들을
내놓을 수 없고

나누어 가질 수 없음이
몹시 안타깝다

억겁의 과보를 씻어내느라

흘린 구슬땀으로

앞뒤로 돌려 입으며
낡아 해어진 법바지

한 손을 다 꼽아야 하네

가버린 머언 지난날을 돌아보니

그지없이 아름다운
그 많은 추억들이 나서서

세상 것을 다 가진 큰 부자로
나를 키워 주었네

밀어낼 수 없는 업이란 존재
정말 대단한 존재인가 봐

깊은 잠에서도

독경하고 염불하고
다라니 외우는 내 소리를

나만의
너만의 기원이 아닌

일체중생에 대한 발원은
가까스로 나를 더욱 키워내는

고속도로와 같은 지름길이었다

이제
나를 벗어버린
너 속에 나였다

흥건한 법계의 진리
그 속에 함께할 수 있는

막강한 기운이 된 것이다

이렇듯 이 마음이 나서서
새삼 불연에 감사함을 되뇌인다

지금은 삼 년에
십만 팔천 다라니로
줄여서 이어지고 있다

수년 전 통도사 부도에서
한번 앉은 자리 그대로

여덟 시간 일천팔십 다라니를
외운 적도 있었다

마치 꿈이야기 같은 이야기다

나모라 다나다라 야야나막알야
바로기제 새바라야 사바하

얼마나 다다행인가요

진리의 실상으로
나열된 선과 악의 행로

가기 싫어도 가야 하는 길
가고 싶어도 못 가는 길

그 길에 곳곳마다
문이 활짝 열려 있고

검문검색이 없어도
마음대로 못 가는 길

그 본실은 자업자득이죠

부처님의 가르치심이
이렇게도 위대하시니

어찌

합장, 공경, 존중, 찬탄
하지 않으리요

이 몸 아흔의 밑자리에서도
어느 하루도 쉬지 않는 백팔배

무척 사랑하며 아끼지 않습니다

하늘가처럼 우러러
부처님을 바라보며 닮아가려

가슴 앞에 이 두 손 가지런히
합장 정례하옵니다

계절

쫓고 쫓기듯
돌아 돌아서

다시 찾아오는 계절

오면서 가면서

때로는 헤집히고
아렸을지라도

분노에도
보복에도 머물지 않아

순순히
수레를 끌듯

묵묵히 뒤돌아보지 않는 그대

언제까지
어디까지

멈추어 쉬는 곳이 어디일까

순리도
역리도 탓하지 않는
진리의 분신 그대

삼라만상에
순응하면서

그대만의 자리
실상의 그 자리를

어김없이 지키는 위대함이여

더운 기운
찬 기운을

밤사이 실어 날라 바꿔 놓으며

몰래몰래

아무도 몰래

쫓고 쫓기듯 돌아 돌아서

다시 찾아오는 계절

그대 장하셔라 거룩하셔라

마애삼존불

감로사에
마애삼존불이 탄생한 삼 일 후

삼 일 간 단식하며
법화경 독경

삼독을 했던 기억이 새롭다

공양하라 부르시는 스님께
단식 중이라 대답하고

그날그날의 독경이 끝나면

점안 때 뿌려진
팥 세 알씩을 주워

끼닌 듯 약인 듯 삼키고

떨어진 낙엽을 줍고
하루가 끝났다

한생각 곧 일념이면
한마음 곧 일심이라

난행고행 곧 일찰나일 뿐이다

바다를 뛰어 건너고
수미산을 단숨에 오르며

저 하늘가에
다가갈 수 있을 것 같은 이 마음에

만약 신심의 무게가 있다면
눌려 움직일 수 없을 것이다

그 아니게도
점점 가벼워지는

마음의 작용
육신의 작용을 마땅히 느낄 수 있었으니

그로 인해
다시 신심에 불이 지피곤 했다

마하반야바라밀

인연 이야기

지월행
나 법화경 맨 처음
백여덟 번 완독 회향 차

제주도 거쳐
마라도까지
용감하게 혼자 떠났지

그때 공항에
마중 나온 당신을 만나

불사리탑사에서
하룻밤 묵고

뱃머리로 가는 길에
남국 선원에 들러

스님 뵙고

새로 지어준 점심공양을 하고

마라도 기원정사까지

다 다음날
뱃머리에서 다시 만나

제주에 숨은 관광까지
몽땅 시켜 주었죠

그때 나
너무너무 행복했었어요

그러곤 다시 공항까지

삼박 사일 간
마중에서 배웅까지

날날 챙김을 받아
너무나 고마웠던 일들이

좀처럼 잊혀지질 않군요

그 후 부산에서
제주에서

우리 몇 번의 만남으로
끌어안고 반길 수 있었죠

사랑하는 지월행
이제 다시 만나기

어려울 것 같은 이 마음에
당신 생각이
주렁주렁 매달린다

우리
이십여 년 전에
봉정에서 만나

삼십 년의 세대 차이에도
아랑곳없이

여태껏 이어져온
찐드기 같은 우리 두 사람

신심이란
회오리바람을 타고

마치
허공에서 만남과 같은 우리 인연

그 소중함을 고스란히 안고
다음 생에서 다시 만날 때까지

내 사랑하는 지월행
부디 안녕 안녕 안녕히

일진행 두 손 모음

무한

내 안에 무한을
한 줄 한 줄 그려내는

이마저도 집착이었던가

그만 그만이
저들끼리 모여서

또 작은 한 권의 글이 되었으니

실상에서 솟아나
형상을 드러낸

일상 속에 잠든 사연들을 일깨웠다

사랑하는 자에겐
사랑을 받고

그 아닌 자에겐
사랑 받지 못해도

이 세간에 나온 몫으로
제 자리를 지켜야만 하네

이왕에 모습 갖추었으니

길가에 민들레
풀끝에 이름 모를 들꽃처럼

가냘피 피어 주길 바란다

내 안에 무한히
진정 무한이 되어

저 하늘가처럼 되어지이다

야단법석으로

세상 속에
분주함을 떠나서

숨은 듯
조용조용 조용히

무한을 열으소서

마하반야바라밀

지금 나의 이야기

스스로 자기를
잘 지킨다는 것이

자기 위치만으로는
불가능하지 않을까

바로 지금
늙음으로 꽉 찬

내 앉은 자리를 살펴본다

긴 세월을
수행이란 덕목이

주추가 되어서
나를 지켜주는 것일까

매사에

알려고 하지 않으니
별로 궁금함이 없다

한 통 받는 전화에는
반갑고 기쁘지만

애써 기다리지는 않는다

자식들에게도
전화질하려 들지 않는다

미움이나 원망이 없이
묵묵히 기다릴 뿐이다

한 세기 가까이
부려온 육신의

부위 부위들이
때로는 투쟁을 부려도

잘 받아들여
다독거리며

들락날락 병원 출입을 삼가 한다

오로지 정진으로
나 자신을 지키며

오는 이 반겨 마중하고
가는 이 포옹으로 배웅한다

이제 내게 남은 것
보잘것없는 것이라도

곳곳에 적절히
나누며 사랑으로 여민다

매사에 돌아보아
후회하지 않으려

애써 알뜰히 노력한다

가는 날의
만반 준비를 하면서

오늘에 최선을 다한다

잠자리에 들면
내 안에 작은 하늘을 바라보며

오늘도 열심히 잘 살았노라
스스로 찬사를 보낸다

마지막 그날의
발원을 아끼지 않으며

오직 내게 남은 날
실상의 아름다움을 충만으로

날마다 더 좋은 날 되어

온 법계에
두루 하기를 바랄 뿐이다

나무아미타불

병신년 구월 십일 1

절기는 돌아돌아

입추를 지나고
말복을 지나고
처서를 지나

가을 문턱에서
밤은 조금씩 자란다

구월 십일
나에게 타 도량에서의
마지막 정진이 될

아흔의 밑자리에서
여법하게 간절함을 담았다

삼천 아미타 부처님 전
미타경 독경으로

아미타 삼천 부처님을
환희롭게 부르고

한층 더 올라가
아미타 큰 부처님을

목청 높여 부르며
한 걸음 한 걸음마다 간절함을 쏟아

엎드려 절을 하며 돌았다

지난달 땐(8월 10일)
사층 바닥이 뜨거워

반팔 입은 팔이 델 것 같았는데

한 달 사이에
많이 서늘해졌다

나 일진행
만 사십 년 간

물샐틈없는 정진의 기운으로

이 세간을
굽어볼 수 있음을

가슴으로 감사드리며

온 길 가는 것
그마저 서원이 이루어진다면

그 큰 감사함에 엎드려
일어나지 않아야겠지요

행여 나의 서원이
무산될 테면

나의 도량 앉은 자리에서

아스라이 먼발치
바람결에 들리는 소리만으로

먼 저승에서 듣는 것처럼 들으며

다소곳이
모자랐던 그 서원을 채워가리라

나무아미타불

나무 무량광 무량수 여래불

나무 본사 아미타불

병신년 구월 십일 2

하나.
큰 원을 세웠던
밖에서 하는 정진이

마지막 심지에
불을 지폈다

나무아미타불을
목청껏 부르며

일보 일배

누구나 쉽게 하지 않는
나만의 정진이다

초가을
간들바람은
누구를 위하여 불어주는가

조건 없는 눈물이
봇물처럼 펑 터진다

높이 이십일 미터
대좌불을 한 번 도는데
백팔보 조금 넘으니

역시 일보 일배도
백팔배를 넘는다

나의 대서원인
대발원만은

끝없이 끝없이
이어지고 있다

둘.
신비롭다
오 년 전에 음력으로
내가 잡은 날이

우연히도

아미타 큰 부처님
점안일이며

우연히도
밤을 꼬박 새워
십만 정근을
했던 날이 되네

줄줄이 지어진 인연이
어찌
우연일 수만 있으랴

신심 짙은 도반들을 모아
부처님 백여덟 번 돌아
삼보 일배로 세 번 돌며
밤을 새운 지난날들의

그 모두
초가을 풍요로움에
흔적 없이 실려 오는
아름다운 추억의
영원한 보물들이다

셋.

대공원인 대도량에
지난달에 접수한

우리 부부 백년 위패
앞줄 가운데
위치하고 있었다

한가위 차례
동참비를 지불하고

당일 복잡함을 피해
향 살라 잔 올리고
참배하고 돌아왔다

위패 모신 오대 가운데
아래로 양대는
아늘 며느리 기제를 모시고 있지만
훗날의 짐을 덜어주기 위함이다

내 가기 전에 십 년 간의
합동차례비를
도량에 맡기려 했는데

찾아뵐 수 있는 기회를 주기 위해
맏며느리인 자원심에게
맡기기로 마음 다졌다

이대로 갔으면
얼마나 좋을까

나무아미타불

병신년 올해의 이야기

매번 그 글이
그 글이고

그 말이
그 말인 줄

엄연히 알면서도

또 이렇게
볼품없이

내놓게 되었네요

병신년 올해 역시
기존 정진에서 벗어나지 않고
부지런히 일심정진하고 있으며

보탑사에서는

부처님 오신 날 전후 삼박 사일 간
법화경 완독을 할 수 있었으며

여법한 법요식을 치르면서
부처님을 우러르는 마음

2,600년 전으로 돌아가
새삼 가슴 설레었다

스님께서 손수 만드셔
간식으로 챙겨 주시던

쑥개떡의 향기는
못내 잊을 수 없으며

수수색색의 꽃향기 속에서도
더더욱 작약의 늠름한 모습에

잊은 듯 놓았던 마음
주섬주섬 거두어
만만 풍성함을 안고 돌아왔다.

나무 석가모니불

대공원인
홍법사에서는

도반 없이
여섯 차례의

아미타 정진으로 이어졌으며

나의 서원이자
발원이었던

백년 위패도
접수해 놓았다

나무아미타불

끝으로
저 먼 강원도 양양 땅
휴휴암에서는

삼박 사일 간
불꽃 튀는 대정진으로

큰 법당인
묘적전을
떠나지 않았으니

다라니의
목표 달성을
훌쩍 뛰어넘었으며

그 공덕의
인연이 닿았던가

노출되지 않은
아미타 부처님을

기적처럼
뵐 수 있었으며

지혜 관세음 보살님을
돌아 돌아 돌아서

금종도 울리고

모여든

황어 떼에
먹이도 주었으며

일현 주지스님과
뜨겁던 포옹은
서로의 기가
만난 듯 했었다

출발에서
도착까지

접힌 우산을
펴지 않았으니

이 또한
님의 가피였으리라

도량네
스님들께
보살님들께

고마움을
두 손 모아

깊은 감사 드리옵고

환희심으로
가득한 나날이

환희심으로
넘쳐나는
나날이 되어

너무나 행복한
나날이었답니다

나모라 다나다라야야
나막알야 바로기제
새바라야 사바하

너들 엄마의 합장

대가족에서
빠져나온 지
만 이 년 육 개월

그간 너들에게
효의 큰길 고속도로를
열어준 것 같구나

이름 있는 세상 것은 다 챙겨
차례로 찾아들 오니
지금은 분명
핵가족 시대가 마땅하다

간혹 밖에서만 만나던 것이
집안으로 찾아들어
편안히 즐길 수 있으니
참 좋은 문화임을
새삼 느끼게 된다

귀한 온갖 먹거리며
잦은 외식에다
넉넉한 용돈까지
지극히 거절해도
철 따른 옷가지들

쓰고 먹고 입고
나누며 줄여도
좀처럼 줄지 않는다

가는 길에
낭비나 헛됨이 없으려
미리미리 챙기며
만반 준비를 하건만

그래도 티 나게 줄지 않아
날마다 빈 시간이면
무엇을 하나라도 더 줄일까
고심초사한다

그 간절함을
누가 낱낱 헤아리랴

엊그제 놀랍게도
제법 강도 높은 지진 때
아들 며느리 딸 손녀까지
통화하는 걱정을 받았다
손녀들은
"할머니 사용해요"까지

하나뿐인 장손은
외국에 나가 있고…

오는 막일요일은
가족들을 모아
너들 엄마가
즐거운 점심공양
한턱을 쓰고 싶다

모처럼의 기회를
한 번 주기 바란다

너들 엄마의 합장

묘소를 다녀와서

아들 며느리 따라
가족묘지를 다녀왔다

밟고 밟히고
뽑고 뽑히며

먹고 먹히고
묶고 묶이어

요지경 속 같은
중생살이

뿌리고 거두어
먹고 배설하며

나고 죽는 그 모두
무상이 진정 무상임을
가슴으로 느끼며

수수 묘봉을 향해
지금 내가 없이
세상 것으로 바라보니

대해의 파도를 넘어
세속의 파도
산속의 파도 역시
무상함을 부른다

대중 속에서
선두로 공원묘지를
택했으니

이제 선두로
떠날 준비가 필요한 때다

지금 가족묘지에
계신 오대를
대공원인 대도량에

백년 위패로 모셨으니

산속의 파도를

잠재울 수 있는 준비가
일찍이 된 듯하다

너의 아버지가
자식을 위해서 한 일처럼

그 자식이 그 아들을
위함도 마땅하리라

지금은 조금 이르니
앞으로 십년 세월이 가기 전에

내 아들 둘이서
내 손자 하나를 도와

가문에 새로운
개혁이 있기를 바란다

그러기 위해서
필히 나를 매장하지 말라
화장해서
내가 바라는대로
해주려므나

내 아들아

내 아들아

내 아들아

간곡히 부탁한다

대서원 대발원

다시 한 번 더 크게
일심발원하옵니다

이 몸 만 여든이 되는
음력 구월 초열흘날에

확연히 이 육신을
벗고자 하옵니다

아미타 부처님이시여

왕림하시어
저를 인도하시어지이다

일심발원하옵니다

이 몸 벗어놓고
다시 몸 받을 때

남자몸 받아
부처님의 상수제자가 될 수 있는

여법한 출가수행자
지혜 충만한 수행자가 되어지이다

일심발원하옵니다

이 몸 벗는 날에도
오늘 지금처럼

예배정진을 하고서
이 육신을 벗어지이다

재고 발
일심발원하옵니다

이 몸 만 여든이 되는
음력 구월 초열흘날에

홀연히 이 육신을 벗고자 하옵니다

아미타 부처님이시여

왕림하시어
저를 인도하시어지이다

삼고 발
일심발원하옵니다

이 몸 만 여든이 되는
음력 구월 초열흘날에

이 자리에서 정에 들듯
이 육신을 벗고자 하옵니다

아미타 부처님이시여
왕림하시어

저를 인도하시어지이다

제 이 서원으로
일체중생 원하는 바 이루어지고

저의 대원 또한 원만 성취되기를

오매일념 불철주야

일심발원하옵니다

이차인연 발원공덕을
법계 만방에 회향하옵니다

나무아미타불
나무 무량광 무량수 여래불
나무 본사 아미타불

만만성취

이 세간에 와서
어언간

한 세기가 가까워졌다

그 세월 속에
파란만장했던 일들

힘들고
아프고
서러웠지만

님을 만나
내가 지어 모은

나의 업임을 알고서야

지난 세월에도

오는 세월에도

후회도
원망도
억울함도

다 사라진 오늘

이젠 가야 할 즈음이다

내가 바라는
내가 기다리는

그날이 도래되면

나의 대서원
나의 대발원이

원만 성취
원만 성취

만만 성취되어지이다

미련도
애착도
두려움도

그 모두를 띄워 보내고

줄줄이
환희를 엮어 얽으며

만반준비
알뜰히

차곡차곡 되었사오니

한 치의 어긋남도 없이

충만 성취
충만 성취

만만 성취되어지이다

나무아미타불

불 법 승 삼보

님이시여
삼보에 귀의하여

국수가닥 같았던
저의 신심이

동아줄이 되기까지

태산을 먼지로
날릴 수 있었다면

날렸을 것이고

수미산을 바닷물로
씌울 수 있었다면

씌웠을 것 같은

가없는 신심
지울 수 없는 신심으로

젊음을
비탈진 물살 같은

세월에 쓸려 보내며

향 미 촉
업고 안고 다니면서

님께 공양 올리던
이 마음 이 육신이

거역하고
투정하지 않았기에

님은
진리인 불법으로

저는
인내의 땀방울로

일구어낸
영원으로 가는

운명의 진금 열쇠

무생 법인에
이르기까지

세세생생토록
소중히 하늘가처럼

지니고 살겠습니다

나무 불 법 승

일진행 |
1936년 생으로 30대 후반 긴가민가했었던 그 마음이 40대 초반(1976년)에 들어서면서 신발 끈 졸라매고 불가佛家에 뛰어들어, 접었다 폈다 백 손가락으로도 모자랄 난행고행의 정진으로 육바라밀행에도 인색하지 않았던 그가 좇아온 길, 만 40년이 되었다. 그간 어느 하루 소홀히 하지 않았던 끈질긴 신행으로 쌓은 지난날이, 2008년부터 매년 마음의 결정체인 여덟 권의 이야기로 나왔다. 첫 번째 『행복한 고행』, 두 번째 『허공 속의 무영탑』, 세 번째 『내 마음속 영산회상』, 네 번째 『사바는 연꽃 세상』, 다섯 번째 『행복한 황혼길』, 여섯 번째 『아름다운 일몰』, 일곱 번째 『걸음걸음 가볍게』, 여덟 번째 『내생으로 가는 길』에 이어서 이번 이야기로 아홉 번째 『내 안에 무한을』에 이르기까지 일진행의 후반생 동안 굴하지 않았던 사십성상이 고스란히 실려 있다. 그 속에서 항상 충만한 행복을 약속하는 삶을 누리고 나누며, 끊임없는 정진을 내생으로 이어가고 있다.

내 안에 무한을

초판 1쇄 인쇄 2016년 9월 21일 | **초판 1쇄 발행** 2016년 9월 28일
지은이 일진행 | **펴낸이** 김시열
펴낸곳 도서출판 운주사
(02832) 서울 성북구 동소문로 67-1 성심빌딩 3층
전화 (02) 926-8361 | **팩스** 0505-115-8361
ISBN 978-89-5746-465-6 03810 값 10,000원
http://cafe.daum.net/unjubooks 〈다음카페: 도서출판 운주사〉